Paul Lafargue

Les origines du romantisme : étude critique sur la période révolutionnaire

1896

Édition : BoD · Books on Demand, 31 avenue Saint-Rémy, 57600 Forbach, bod@bod.fr
Impression : Libri Plureos GmbH, Friedensallee 273, 22763 Hamburg (Allemagne)
ISBN : 978-2-3226-6246-3
Dépôt légal : Mai 2025

Les origines du Romantisme.
Étude critique sur la période révolutionnaire

I

Haro sur le romantisme ! cet intrus qui nous vient d'Allemagne et d'Écosse, ces pays des nuages métaphysiques et des brouillards perpétuels ! Haro sur la littérature cosaque ! Haro sur cette enflure et boursouflure de langage, qui répugnent à l'élégance et à la politesse du parler de France ! Sus aux aboyeurs à la lune, aux poètes poitrinaires, aux chantres des charniers ! C'était par de semblables imprécations que les classiques accueillaient, dans les premières années du siècle, le Romantisme vagissant. Au nom de la patrie, de sa langue et de sa gloire littéraire, ils ameutaient le bon goût et la tradition contre le monstre barbare et informe, importé de l'étranger.

La critique moderne a révisé ce jugement porté dans la fièvre de la lutte ; elle a fouillé les archives et elle a découvert aux Romantiques des ancêtres authentiquement Gaulois et irréprochablement Moyen-Âge ; elle insinue même, l'audacieuse, des doutes sur la légitimité de la littérature classique ; elle la traite de variété accidentelle, particulière aux XVIIe et XVIIIe siècles et dans les goûts et les idées de ces temps aristocratiques. La révolution de 1789, en culbutant la vieille société, amena à la surface de nouvelles couches sociales ; elles rejetèrent à l'arrière-plan la littérature des aristocrates, reprirent la tradition et recommencèrent avec une nouvelle forme la littérature du XVIe siècle, qui bien que méprisée et reléguée sur les « tréteaux de la foire », et condamnée aux tavernes et aux cuisines, s'était arrangée pour vivoter et pour créer des œuvres remarquables. Les causes de cette renaissance littéraire sont à rechercher, non pas dans le mouvement romantique de 1830, mené par Victor Hugo, alors que Delacroix battait en brèche l'école de David, mais dans la période littéraire, si peu connue, qui enterra le siècle dernier. Trois œuvres, faisant époque, et parues en 1801 et 1802, *Atala*, le *Génie du Christianisme* et *René*, marquent cette étape du Romantisme ; elles lui auraient assuré la victoire, si les crises de la politique et les tumultes de la guerre n'avaient absorbé les esprits et ne les avaient détournés de toute sérieuse préoccupation littéraire.

La publication d'*Atala* fut fêtée, comme la naissance d'une fille de roi ; la « *non pareille des Florides* » enleva le public. « *Tout est neuf, le site, les personnages et les couleurs* », s'écriait Fontanes. En quelques mois on fit six éditions du roman, deux contrefaçons et des traductions dans toutes les langues. Les critiques, qui étaient des adversaires politiques, aussi bien ceux qui raillaient sa mystagogie catholique que ceux qui attaquaient sa langue, ses images, ses invraisemblances et ses absurdités, s'inclinaient cependant devant la « *fille des palmiers* », admirant « *la musique nouvelle de la phrase... l'art de varier et de régler le cortège des épithètes... l'accord du son d'un mot avec le sens d'une idée ou la teinte d'une image... le charme inconnu des descriptions* ». Les *âmes sensibles* étaient conquises et pour prolonger leur enivrement on mettait *Atala* en musique et en romances, et on reproduisait par la gravure et la peinture ses scènes principales. Morellet commence sa pédantesque critique d'*Atala* « *qu'on dévore et qu'on loue à l'égal de* **Clarisse Harlowe** *et de la* **Nouvelle Héloïse** » par des excuses au lecteur et par l'assurance que « *son sein n'enferme point un cœur qui soit de pierre*[1] ». Le *Mercure de France*

---

1. A. Morellet, *Observations critiques sur le roman intitulé Atala*, Paris, an IX.

(16 thermidor an IX), quatre mois après son apparition, annonçait *six romances imitées d'Atala par Vincent Daruty. Musique et accompagnement de harpe et de cor obligé* (sic) *de Pierre Gaveaux, dédiées à Madame Bonaparte*. Le journal assurait que « *P. Gaveaux avait rendu cette pensée rêveuse et ce charme de la solitude qui font le caractère d'*Atala » et remarquait que « *depuis deux mois les journaux sont attelés à ce roman, on en morcelle, on en altère chaque phrase, on le parodie sans esprit, on le plaisante sans gaîté* » ; mais, ajoutait-il, « *le nom de l'héroïne et de l'auteur seront dans toutes les bouches qui récompensent le succès* ». Jamais œuvre ne vint plus à propos, ne répondit mieux aux besoins du public et ne s'adapta plus exactement aux goûts du siècle.

« *La littérature, formulait crânement Mme de Staël, est l'expression de la société.* » En effet, on ne peut s'expliquer l'enthousiasme qui accueillit les premières productions romantiques de Chateaubriand que si l'on revit par la pensée les sentiments et les passions des femmes et des hommes qui les acclamaient et que si l'on reconstitue l'atmosphère sociale dans laquelle ils se mouvaient. Envisagée ainsi la critique littéraire n'est plus cet insipide exercice de rhétorique, où l'on distribue le blâme et l'éloge, où l'on donne des prix de composition et où l'on paraphrase sur le Beau en soi, cette splendeur du Vrai, mais une étude de critique matérialiste de l'histoire : dans les pages mortes l'analyste recherche non les beautés du style, mais les émotions des hommes qui les ont écrites et qui les ont lues. Analyser de cette façon les origines du romantisme est une tâche ardue : l'époque a été peu fouillée, bien qu'elle renferme plus de documents sociaux que ne soupçonnent les historiens ; et que leur étude permet de comprendre l'évolution politique, philosophique, religieuse, littéraire et artistique de la société bourgeoise. Dans cet essai de critique, j'ai dû remonter aux sources et lire la plume à la main les publications parues de l'an III à l'an XII (romans, poèmes, pièces de théâtre, ouvrages de philosophie, revues, journaux). Parmi les écrits modernes qui m'ont aidé dans ce travail, je dois citer l'*Histoire de la société française pendant la Révolution et le Directoire*, de Ed. et J. Goncourt, si riche en recherches originales, mais si dépourvu d'esprit critique, et l'*Étude sur Chateaubriand et son époque*, de Sainte-Beuve, le fin et malicieux critique.

II

Chateaubriand appelait la guerre d'Espagne le « *René de sa politique* », voulant dire le chef-d'œuvre de sa carrière publique. *René* est en effet son œuvre capitale ; il est la poétique autobiographie d'une génération ; il contient en germe les qualités et les défauts que l'école romantique devait développer et exagérer ; il marque un moment critique dans la vie sociale et littéraire de notre siècle.

Pour parvenir jusqu'à l'homme dont les passions vibrent à l'unisson de celles de ses contemporains, il faut arracher à René son enveloppe romanesque, le dépouiller impitoyablement de la phraséologie pittoresque, morale, religieuse et sentimentale, dans laquelle il se drape, en héros de théâtre, alors seulement nous tiendrons l'homme de chair et d'os ; et nous le trouverons fait à l'image des hommes qui, ayant traversé la révolution, en étaient revenus.

René était un cadet de Bretagne, destiné à l'Église ; selon l'usage aristocratique on le sacrifiait, ainsi que ses quatre sœurs, au fils aîné. Son père, gentillâtre campagnard, de nature bourrue, était « *la terreur des domestiques, sa mère, le fléau[2]* ». « *Timide et contraint devant son père, il*

---

2. *Mémoires d'outre-tombe.* Sainte-Beuve remarque que René est un des prénoms de Chateaubriand : afin d'achever le portrait de René

ne rencontrait l'aise et le contentement qu'auprès de sa sœur Amélie. » La gêne et la lésine, les hôtes inévitables des familles nobles, chargées d'enfants, ruinées et humiliées par le luxe des parvenus bourgeois, aigrirent son caractère dès l'enfance. « *Il fallut à la mort de son père quitter le toit paternel, devenu l'héritage de son frère ; il se retira avec Amélie chez de vieux parents.* »

Dans sa gentilhommière on l'avait nourri de mépris pour toute espèce de travail : nullement pressé d'endosser la soutane, il continua sa vie oisive, « *s'égarant sur de grandes bruyères* », rêvassant sur « *une feuille séchée que le vent chassait… sur un étang désert où le jonc flétri murmurait* ». L'inactivité surchauffait son tempérament ardent, « *il lui semblait que la vie redoublait au fond de son cœur, qu'il aurait la puissance de créer des mondes* ». Et avant Alfred de Musset il s'écriait dans la solitude abhorrée :

> … Qu'on me donne une pierre,
> Une roche à rouler ; c'est la paix des tombeaux
> Que je fuis et je tends des bras las du repos[3].

Sa sœur le conseillait doucement : « *Mon frère, sortez au plus vite de la solitude qui ne vous est pas bonne ; cherchez quelque occupation. Je sais que vous riez amèrement de cette nécessité, où l'on est en France de prendre un état… Il vaut mieux, mon cher René, ressembler un peu plus au commun des hommes et avoir un peu moins de malheurs.* » Prendre un état, ressembler au commun des hommes, mais c'était le malheur des malheurs pour René. Un autre hobereau qui vécut quelque cinquante ans plus tard, trouvait ainsi que le cadet breton,

---

Chateaubriand, j'ai puisé dans ses autres écrits. Les passages entre guillemets, sans indications, sont extraits de l'édition d'*Atala* et de *René*, de Garnier frères.

3. A. de Musset, *Premières poésies*. Les vœux stériles.

> ... tout travail impossible ;
> Un gagne-pain quelconque, un métier de valet,
> Soulevait sur sa lèvre un rire inextinguible.

Mais Rolla possédait « *trois bourses d'or* » ; pendant trois années il vécut en débauché vulgaire et « *la meule de pressoir de l'abrutissement* » le broya. Les hommes du XVIIIe siècle étaient forgés d'un plus riche métal ; les misères les trempaient, les vices les grandissaient.

La pauvreté obligeait René à vivre « *retiré dans un faubourg* » de Paris. Le soir, lassé par de vaines et humiliantes démarches, « *il s'arrêtait sur les ponts pour voir se coucher le soleil et il songeait que sous tant de toits, il n'avait pas un ami* », et pas un protecteur. La solitude dans ce désert d'hommes, plus amère que celle qu'il avait connue dans les champs, l'accablait. Le cœur gonflé de désirs inassouvis, il habitait un monde vide pour lui ; pauvre et privé de plaisirs, il les épuisait par l'imagination ; il se désabusait de tout avant d'avoir usé de rien.

René jeune, ambitieux, vigoureux, embrasé du désir de la femme, vivait « *inconnu dans la foule* » et les femmes parées et enivrantes allaient et venaient autour de lui et l'ignoraient. Il dévorait des yeux celles qu'il ne pouvait manger de baisers : supplice de Tantale, à devenir fou. « *N'ayant point aimé, raconte-t-il, j'étais accablé d'une surabondance de vie. Quelquefois je rougissais subitement et je sentais couler dans mon cœur, comme des ruisseaux d'une lave ardente ; quelquefois je poussais des cris involontaires et la nuit était également troublée de mes songes et de mes veilles.* » Il appela la mort. « *Levez-vous, orages désirés, qui devez emporter René dans les espaces d'une autre vie.* » Se croyant abandonné de sa sœur, son unique amie, il songea au suicide. « *Hélas ! j'étais seul, seul sur la terre ! Une langueur secrète s'emparait de mon être. Le dégoût de la vie me revenait avec une nouvelle force.* » Amélie le sauva.

Il renaquit à l'espérance : il passa en Amérique, non pour se battre avec Lafayette et Rochambeau, mais pour changer de place ; René est remarquable par son incapacité à servir une cause, un parti et à songer aux autres ; son individualisme est féroce : *Moi, toujours moi* ! est sa devise. Il retourna d'Amérique avec un grotesque projet de *« découverte d'un passage sous le pôle Nord »* ; croyant tenir la fortune et la gloire, il court le soumettre à M. de Malesherbes, alors ministre ; il fut éconduit, mais ne s'en vanta pas. Ses ressources épuisées, il retomba dans la misère. La révolution éclate, peu disposé à se battre pour le Roy et les privilèges de la noblesse, dont il est une des victimes, il profite des circonstances pour contracter en Bretagne un riche mariage. Enfin il a de l'argent, enfin il va goûter aux plaisirs et épuiser toutes les jouissances. Il réalise ce qu'il peut de la fortune de sa femme, la laisse achever en Bretagne toute seule sa lune de miel et file sur Paris : en un rien de temps il gaspille dans des maisons de jeu et de débauche l'argent de sa légitime. Pour échapper à l'accusation d'aristocrate et à la liste des suspects, il court les sections, les assemblées populaires et prend les allures d'un sans-culotte. *« Je n'étais occupé, dit René Chateaubriand dans son* **Essai historique**, *qu'à rapetisser ma vie pour la mettre au niveau de la société. »* **Cette existence** dangereuse ne pouvait lui convenir ; il émigre, assiste au siège de Thionville, c'est du moins sa narration, mais je soupçonne, d'après certains passages de l'*Essai historique*, qu'il fut réquisitionné, embrigadé dans l'armée du Rhin et qu'à la première occasion, il déserta. Il se réfugia en Angleterre et végéta à Londres dans un tel dénuement qu'il faillit mourir de faim. Il dut une fois déménager à la cloche de bois, ne laissant à son hôtesse pour tout gage qu'une malle contenant des papiers sans valeur. René regretta alors de ne pas connaître un métier manuel qui lui aurait permis de « *gagner une demie couronne par jour* »[4]. Le gentilhomme s'abaissait aux expédients de la bohême. Tout s'effondrait autour de lui et dans lui : les misères de la vie enfiellaient son cœur et abattaient sa vertu. « *Il faut se ressouvenir, écrit-il, que partout on honore l'habit et non l'homme. Peu importe que vous soyez un fripon, si vous êtes riche, un honnête homme, si vous êtes pauvre. Les positions relatives font dans la société l'estime, la considération, la vertu... Dans les accès du désespoir et dans les délires du succès tout sentiment de l'honnête s'éteint, avec cette différence que le parvenu conserve ses vices et l'homme tombé perd ses vertus.* » (*Essai*, etc., p. 466 et 601.)

Le vent d'impiété qui soufflait avait déraciné sa foi. « *Dieu a-t-il prévu que je serai à jamais malheureux ? Oui, indubitablement. Eh bien ! Dieu n'est qu'un tyran horrible et absurde !... Dieu, la Matière, la Fatalité ne font qu'Un... Les hommes sortent du néant, ils y retournent.* » Le doute torturait René ; jamais il n'eut l'énergie de s'élever à une conviction matérialiste. Les romantiques ont eu la même faiblesse ; quelques-uns, par bravade, ont lancé à Dieu des insultes ainsi qu'à un ennemi personnel, mais ils tremblaient en les proférant. René n'imita pas ce diable, qui attendit la vieillesse pour se convertir. Fontanes, qu'il avait perdu de vue depuis 12 ans, jeté en Angleterre par le coup d'état de Fructidor (4 septembre 1797), fit miroiter devant ses yeux le brillant avenir réservé aux défenseurs du catholicisme, alors renaissant : il s'empressa de planter là la philosophie et de renier Jean Jacques, que cependant il admirait ;

---

4. Ces détails prosaïques qui déparent mais qui expliquent le poétique et mélancolique René, sont puisés dans l'*Essai historique, politique et moral sur les révolutions*, etc., écrit à Londres et imprimé en 1797. Chateaubriand, dans ce premier ouvrage, se révèle plus naïvement que dans aucun autre de ses écrits. Sainte-Beuve possédait l'exemplaire annoté de la main de l'auteur ; comme il manque mille occasions d'exercer sa malice habituelle, en exposant les faiblesses du héros, il est à présumer qu'il l'avait lu très inattentivement.

et avant que l'encre de l'*Essai* se fût desséchée, et avec la même plume qui annotait ses passages sceptiques, il écrivit le *Génie du Christianisme* ; et pour donner des gages au parti qui l'enrôlait, il imprima dans le *Mercure* (1er nivôse an IX) : « *Ma folie à moi est de voir Jésus-Christ partout.* » Malheureusement il avait eu l'imprudence d'envoyer son *Essai* à ses amis de Paris ; ils s'en souvinrent et élevèrent des doutes sur la sincérité de sa conversion. Il s'excusa en prétendant que la mort de sa mère avait été son chemin de Damas : « *J'ai pleuré et j'ai cru* », fut sa réponse. Le même accident arriva à Mme de Staël : mais dans son cas ce fut la mort du père qui, de la philosophe, fit une chrétienne romantique ; changez le sexe du néophyte et du coup vous changez celui du convertisseur. D'autres personnages distingués ont eu recours à leurs père et mère pour expliquer les variations de leur conduite. *La croix de ma mère, les cheveux blancs de mon père, la voix du sang*, devinrent dans la suite des ficelles dramatiques. Mais l'honneur d'avoir découvert le parti qu'on pouvait tirer de son père et de sa mère à la ville et au théâtre appartient à René Chateaubriand : cette trouvaille est d'autant plus méritoire que le régime nouveau détruisait l'antique majesté de la famille et inscrivait dans son code l'interdiction de la recherche de la paternité. Les romantiques se chargèrent de conserver dans leurs vers et leur prose les vertus dont on dépouillait le foyer familial. Offenbach, en faisant chanter à Mlle Schneider le *Sabre de mon père*, creva les belles phrases du romantisme et rétablit la réalité au théâtre.

La volte-face de René, avec ou sans explication plausible, ne présente rien qui doive étonner ; des hommes autrement graves, tels que Maine de Biran, Degérando, etc., exécutèrent des pirouettes tout aussi prestes : les mœurs et les événements imposaient de semblables virements de conscience. Chateaubriand s'est franchement expliqué à ce sujet : « *On a fait un crime à Dumouriez de la vénalité de ses principes, dit-il ; supposé que ce reproche fût vrai, aurait-il été plus coupable que le reste de son siècle ? Nous autres Romains de cet âge de vertu, tous tant que nous sommes, nous tenons en réserve nos costumes politiques pour le moment de la pièce et moyennant un demi-écu donné à la porte, chacun peut se procurer le plaisir de nous faire jouer avec la Toge ou la Livrée tour à tour, un Cassius ou un valet.* » (*Essai*, page 333.) Ces paroles imprimées en 1797 sont étrangement prophétiques.

Les Renés à la fin du siècle dernier pullulaient, pauvres et fiers, assoiffés de plaisirs, torturés par l'ambition et rêvant de fortunes subites, inactifs et toujours inquiets, toujours en quête d'un « bien inconnu ». Leurs intérêts les portaient à la révolution, qui émancipait la classe *cadette* de la nation et qui ouvrait aux cadets des familles nobles la carrière des honneurs, autrefois fermée. Beaucoup de ces déclassés de l'aristocratie se lancèrent à corps perdu dans le mouvement ; d'autres, plus prudents, plus timorés, René était de ceux-là, hésitèrent et attendirent les événements. Les uns purent échapper aux réquisitions militaires en se cachant dans les administrations, les autres durent émigrer ; ceux qui furent incorporés dans les armées républicaines se conduisirent bravement, gagnèrent des épaulettes, des titres et des terres ; quelques-uns, en très petit nombre, désertèrent. En se prenant pour sujet et en décrivant dans une langue imagée et passionnée ses tempêtes mentales, René donnait une voix aux sentiments poignants mais troubles de cette masse de jeunes hommes ardents et agités, qui, la tête enfiévrée par des mirages de fortune, de gloire et d'honneurs pataugeaient dans la boue, les bottes éculées et faisant eau. C'était le temps où il était permis à tous d'aspirer à tout, d'espérer tout ; des petits avocats, des boutiquiers, des artisans, des palefreniers se révélaient généraux d'armée, législateurs et dictateurs de peuples. *René* est l'autobiographie grandiloquente, ampoulée, menteuse et pourtant profondément véridique de ces damnés de l'ambition.

Si René avait décrit ses souffrances dans la langue simple, alerte et spirituelle de Voltaire et de Diderot, son récit serait passé inaperçu[5] ; s'il n'avait dit que la vérité, rien que la vérité, ses malheurs auraient paru d'autant plus vulgaires que les aspirations des lecteurs étaient plus exaltées. Chateaubriand, dans son premier ouvrage, l'*Essai sur les révolutions*, étreint par la poignante et triviale réalité, écrivit sous la dictée de ses angoisses : — J'ai faim ! cria-t-il, « *il n'y a qu'une infortune réelle, celle de manquer de pain. Quand un homme a la vie, l'habit, une chambre et du feu, les autres maux s'évanouissent. Le manque absolu est une chose affreuse, parce que l'inquiétude du lendemain empoisonne le présent* ». Il pleura lamentablement pour exciter la pitié, « *ma mémoire, autrefois heureuse, est usée par le chagrin... Je suis attaqué par une maladie qui me laisse peu d'espoir* ». Si sa plainte était parvenue à dominer les cris de la place publique et le tumulte des batailles, les Renés qui n'étaient plus affamés de pain et de viande lui auraient répondu : — Que nous importe votre mémoire qui décline et votre santé qui se délabre ; nous aussi nous avons nos maux et nos douleurs ; la bête de nos entrailles est gorgée ; il nous faut soûler les démons de notre cœur et de notre tête.

Mais quand René écrivit son autobiographie, l'heure des réalités triviales était passée pour lui ; leur souvenir ne revenait que dans un demi-jour lointain ; il sut n'en préserver que ce mirage nuageux, teinté par les sentiments du

---

5. Quelque temps avant l'apparition de *René*, on avait publié, pour la première fois, *Jacques le fataliste* : La Harpe le régent de la littérature, — devant son opinion tout le monde se taisait, — portait ce jugement sur cette œuvre de verve et d'esprit : « *Rapsodie insipide, aussi scandaleuse qu'ennuyeuse, quoique impie, plate, quoique extravagante.* » *Le fanatisme ou la persécution*, etc. Œuvres complètes, t. V. 1820.

présent. La description de ses souffrances ainsi idéalisées par le souvenir et la narration de ses impressions personnelles, diluées dans le torrent des sensations contemporaines, parut aux lecteurs semblable à la musique d'opéra dont on écoute l'air sans prêter attention aux paroles. Il parla la langue imagée et sentimentale qu'entendaient ses contemporains ; il épiça son récit des condiments connus et goûtés à l'époque. Chateaubriand se révéla artiste incomparable dans cet art de cuisine littéraire ; il enthousiasma les femmes et les hommes et fonda l'école romantique de France.

III

Les bourgeois de 1802 avaient traversé des temps terribles : l'un revenait de l'exil, l'autre sortait d'un cachot ; celui-ci, empoigné au saut du lit, avait été expédié aux frontières ; cet autre avait été dénoncé comme un tiède ; ceux qui, tapis dans leur insignifiance, avaient vécu sans être inquiétés, avaient été terrorisés par des spectacles dont le souvenir donnait le frisson. *« La plupart des hommes, écrivait en 1800 Mme de Staël, épouvantés des vicissitudes effroyables dont les événements politiques nous ont offert l'exemple, ont perdu maintenant tout intérêt au perfectionnement d'eux-mêmes et sont trop frappés de la puissance du hasard pour croire à l'ascendant des facultés intellectuelles[6]. »*

Les Renés avaient tremblé pour leur tête ; ils avaient été obligés de simuler les allures des sans-culottes, de *« se*

---

6. Mme de Staël, *De la littérature considérée dans ses rapports avec les institutions sociales. Discours préliminaire*, 1800. Dans cet ouvrage, que Taine a pillé honteusement, sans toujours comprendre la portée de ce qu'il dérobait, Mme de Staël émet des vues géniales sur l'action exercée par le milieu social pour déterminer la forme littéraire.

dégrader, pour n'être pas poursuivis ». (Mercure, **thermidor an VII.**) Chateaubriand dit plus poétiquement « *de rapetisser sa vie pour la mettre au niveau de la société* ». La Harpe était poursuivi par l'image « *de ces patriotes à moustaches, parmi lesquels étaient nombre d'aristocrates bien prononcés auparavant et métamorphosés depuis, qui levaient le sabre ou le bâton dans les sections au nom de l'Égalité sur un pauvre malheureux qui avait oublié de le tutoyer et menaçait de le mettre au pas[7]* » Si l'on n'avait pas vu, on avait au moins entendu la narration de faits épouvantables, comme ceux que raconte René dans son *Essai* : — Un garde national perce de sa baïonnette une petite fille qui pleurait son père guillotiné « *et la place sur la pile des morts, aussi tranquillement qu'on aurait fait une botte de paille* ». « *Des femmes à cheval sur les cadavres d'hommes entassés dans les tombereaux, cherchaient avec des rires affreux à assouvir la plus monstrueuse lubricité.* » La seule possibilité d'ajouter créance à de telles anecdotes et de les répéter suffit pour caractériser l'affolement des esprits. La peur tuait l'amour de la vie et paralysait jusqu'au désir de la défendre.

Des enfants ont hérité de cette folle terreur : le pauvre Taine a tremblé toute sa vie de la peur que son grand-père avait eue pendant la période révolutionnaire ; c'est ce qui explique la rage imbécile qui le fait déraisonner si lourdement contre la révolution : elle l'avait cependant émancipé. . »« La tyrannie des *anthropophages* »« *J'ai vu, écrit Riousse, ces longues tramées d'hommes qu'on envoyait à la boucherie ; aucune plainte ne sortait de leur bouche, ils marchaient silencieusement... ils ne savaient que mourir. Ce n'est pas tant à braver la mort, qu'à braver la douleur qu'il faudrait accoutumer les hommes. Que de gens se sont laissé couper la tête pour avoir eu peur de se faire casser*

---

7. La Harpe. *Sur le tutoiement.* Œuvres complètes, t. V.

les bras[8]. »« La tyrannie des anthropophages » (on désignait ainsi les Jacobins) une fois abattue, les Renés enrichis dans les tripotages des assignats, des biens nationaux, des vivres, des fournitures, tremblaient pour leurs terres, pour leur or, pour leur situation acquise ; ils tremblaient d'avoir à rendre compte de leur fortune et de leur conduite. Les prêtres, qui sortaient des trous où ils s'étaient terrés, soufflaient la haine et la vengeance ; les nobles rentraient arrogants, ils mena-çaient de châtier les coupables, de reprendre leurs biens, de détruire ces insolentes et iniques fortunes, que Rivarol ap-pelait de « **terribles objections contre la Providence** ». *Les Renés des deux sexes qui tremblaient depuis deux ans ne pouvaient s'intéresser qu'à des romans surchargés d'événe-ments imprévus, de scènes atroces et de passions au vitriol.*

On demandait l'oubli à la lecture : la quantité de ro-mans qui se publiaient est incroyable, jusqu'à cinq et six par jour ; « **un marchand de nouveautés au Palais du Tribunal (Palais-Royal) reçut dans une matinée quatorze romans, mis en vente pour la première fois** ». *(Décade philoso-phique, 10 messidor an IX.) Une revue, la* **Bibliothèque des romans**, *rédigée par Mme de Genlis, les citoyens Legouvé, Fié-vée, Pigault-Lebrun, etc.,* « **donnait l'analyse raisonnée des romans... avec des notes historiques concernant les au-teurs, leurs ouvrages et leurs personnages connus, dégui-sés ou emblématiques** ». *L'analyse rapide de quelques ro-mans qui eurent de la vogue, sera la meilleure manière de donner une idée des goûts du public.*

---

8. *Mémoire d'un détenu pour servir à l'histoire de la tyrannie de Ro-bespierre,* **par Riousse** *arrêté à Bordeaux par un comité révolutionnaire.* **Publié quelques semaines après la chute des thermidoriens.**

Des enfants ont hérité de cette folle terreur : le pauvre Taine a tremblé toute sa vie de la peur que son grand-père avait eue pendant la période révolutionnaire ; c'est ce qui explique la rage imbécile qui le fait déraisonner si lourdement contre la révolution : elle l'avait cependant émancipé.

Les Chevaliers du Cygne, conte historique et moral, *de Mme de Genlis, en trois volumes de 400 pages chacun (1796). L'héroïne meurt à la trentième page du premier volume, mais son cadavre ensanglanté sort du tombeau et toutes les nuits va se coucher à côté de son mari, un Othello du temps de Charlemagne. La mode des romans Moyen-Âge commençait.* — **Le Moine** *(1797). Histoire d'un moine Espagnol, beau garçon et éloquent orateur ; il s'énamoure d'une religieuse, la débauche ; subit la torture, est enfermé dans un in pace, évoque Satan, ressuscite des morts, parcourt la terre, comme le Juif errant, pourchassé par des diables. Chateaubriand prisait ce roman.* — **Ernesta,** *par la citoyenne d'Antraigues, (1799), — les femmes écrivaient beaucoup, pendant que la tribune et le champ de bataille absorbaient l'énergie des hommes, — est un roman d'un réalisme qui ne laisse rien à désirer ; du reste, tous les romans de cette époque s'annonçaient comme des études d'après nature. La malheureuse Ernesta épouse un Barbe-Bleu, espèce de géant, ne connaissant que la généalogie du duc de Saxe-Gotha, dont il est le grand-veneur ; il ne parle que chiens, loups, sangliers, cartes et dés ; il se ruine au jeu, vole les diamants de sa femme, l'injurie, la maltraite, la traîne par les cheveux : d'un coup de pied il lance sa fillette de deux ans contre la muraille ; il vit publiquement avec une catin, oblige Ernesta à la recevoir, emprisonne son épouse dans un sombre château de la Forêt-Noire et meurt assassiné par sa maîtresse en proclamant l'innocence de sa légitime : une sainte.*

La **Décade philosophique** *(10 pluviôse an VII), après avoir constaté l'engouement pour les romans anglais, ajoutait,* « nous pouvons affirmer que nous possédons en original et de notre propre cru des horreurs dont les plus difficiles peuvent se contenter, que nous ne manquons pas de personnages atroces, atrocement crayonnés, que nous avons des *esprits corps*, c'est-à-dire des fantômes qui n'en sont pas, heureuse invention par laquelle s'est éminemment distinguée mistress Radcliffe, que nous sommes riches en descriptions du soleil et de la lune, en sites romantiques, en événements romanesques, enfin que nous ne sommes pas moins experts que nos maîtres dans la science des longueurs et l'art de multiplier les volumes... On a réussi à naturaliser le *spleen*, on a essayé d'imiter l'*humour* ; mais il faut qu'il soit plus facile de faire du Radcliffe que du Sterne, je ne saurais du moins proclamer nos succès en ce genre, je dois me borner à dire que jusqu'ici on l'a seulement innocemment tenté ». *Mme de Staël constatait le même fait :* « Depuis que les institutions sont changées et même dans les moments les plus calmes de la révolution, les contrastes les plus piquants, n'ont pas été l'objet d'une épigramme ou d'une plaisanterie spirituelle. » *On avait supposé que cette incapacité de rire et de railler était une maladie passagère des esprits, surmenés par les événements révolutionnaires ; il n'en est rien, elle est constitutionnelle, elle tient à des causes organiques, que je ne puis rechercher dans cet article ; je me borne à signaler le fait. Le Romantisme ouvre l'ère du sérieux, de la mélancolie, du sentimentalisme, des images grandioses et des descriptions sensationnelles : « les ouvrages gais, prédisait Mme de Staël avec un sens de rare divination, vont être dédaignés comme de simples délassements de l'esprit, dont on conserve fort peu de souvenir ». Elle range dans la catégorie des écrits misérables* « Candide **et les ouvrages de ce genre qui se jouent par une philosophie moqueuse de l'importance attachée aux intérêts les plus nobles de la vie**[9] ». *Un romantique qui fut un « prince de la critique », Jules Janin, sans être hué et tué par le ridicule, devait donner une contrepartie morale et sentimentale au* **Neveu de Rameau**. *De tous les romanciers, le seul Paul de Kock, souverainement méprisé par les aigles du roman, a su retrouver un peu de la gaieté animale et débordante de Rabelais et de*

---

9. Mme de Staël, *De la littérature*, etc. Discours préliminaire, 1re partie, chap. XVIII, et IIe partie, chap. V.

nos vieux conteurs. Musset et Balzac, dans leurs œuvres de première jeunesse, essayèrent de faire revivre « la philosophie moqueuse » (**Mardoche** *et* **Jean Louis**)*, qui choquait les sentiments délicats de M*^me^ *de Staël et de ses contemporains : ils se sont empressés de renoncer à leur tentative. Le naturalisme moderne, cette queue du romantisme, n'a pu encore rencontrer dans la nature et dans la vie sociale ni esprit, ni gaieté, ni raillerie sceptique.*

L'esprit et la gaieté étaient également bannis du théâtre. **« Nous ne rions pas assez, remarquait la** *Décade* **(30 fructidor an IV). Les comédiens ne sont plus comiques. On se plaint, on crie aux auteurs :** *faites-nous rire* **; et lorsqu'ils déploient une gaieté franche et naïve, notre délicatesse les hue, les renvoie aux boulevards, comme si nous avions peur de nous compromettre en riant. »** *Le théâtre durant la révolution avait été transformé en une arène politique ; sans-culottes et aristocrates se battaient au parterre ; on finit par transporter sur la scène le fait du jour en des pièces bâclées à la diable. Divers théâtres en nivôse an IV jouaient une pièce intitulée :* **Réclamations contre l'emprunt forcé.** *Le théâtre de la Cité Variété avait donné en floréal an III :* **L'Intérieur des comités révolutionnaires, ou les Aristides modernes,** *on y traînait dans la boue les Jacobins vaincus ; en frimaire an VI, le* **Pont de Lodi,** *qui reproduisait les péripéties de la bataille qu'Augereau venait de remporter ; en germinal de la même année les* **Français à Cythère,** *qui apprenait aux Parisiens que le traité de Campo-Formio venait d'annexer à la République cette île mythologique. À côté de ces pièces d'actualité qui transformaient la scène en journal parlé, le public ne tolérait que des opéras-comiques assaisonnés de jeux de mots et de calembours et des tragédies bourrées de meurtre : en voici deux spécimens.* **Le Lévite d'Éphraïm,** *tirée du livre des Juges par Lemercier (an IV). Un membre de la tribu de Lévi, poursuivi par un monstre personnifiant Carrier, que l'on venait de guillotiner, lui livre sa femme, il la fait violer par une troupe* de brigands ; le mari la tue, la dépèce en douze quartiers qu'il distribue aux douze tribus pour les exciter à la vengeance. L'académicien Arnault faisait représenter au théâtre de la République, **Oscar fils d'Ossian**, tragédie en cinq actes. Oscar aime Malvina, la femme de son ami, qui meurt au deuxième acte, ressuscite au quatrième, juste à temps pour empêcher le mariage d'Oscar et de Malvina. Oscar devient fou, tue son ami, revient à la raison et se tue. Une littérature aussi pimentée pouvait seule convenir aux hommes qui sortaient de la Terreur.

« **Plus la révolution s'éloigne de nous, écrivait la** *Décade* **(20 floréal an V) et plus les destinées de la France nous paraissent s'éclairer** », lisez : moins nous tremblons pour notre tête et notre bourse. Les esprits, en se calmant, réclamaient une nourriture intellectuelle moins lourdement poivrée. Les romans psychologiques, qui prenaient pour modèle le puissant et original roman de Godwin, **Caleb Williams**, qui fut transporté sur la scène, et les romans sentimentaux, mis en vogue par **Werther**, commencèrent à pulluler. Cette époque révolutionnaire a abordé tous les genres que la littérature romantique, naturaliste, réaliste, décadente, etc., devait tour à tour reprendre, développer et délaisser pour reprendre encore. L'invasion des romans allemands succédait à celle des romans anglais : on traduisait et imitait les productions larmoyantes, fades et ennuyeuses d'outre-Rhin. « **L'esprit qui se fait en France, écrivait un anonyme, ne pouvant suppléer à la consommation du pays, j'ai fondé un assez joli commerce sur l'importation de l'esprit du Nord. Il est des années que j'enlève des foires d'Allemagne de fort belles parties de littérature brute, que je fais dégrossir à Paris, dans un atelier de traduction. Cet honnête trafic, qui ne tend pas moins au perfectionnement de l'intelligence publique qu'à celui de ma fortune... me donne la réputation de n'être pas un sot, quoique j'aie eu la faiblesse de mettre mon nom** à quelques ouvrages que j'avais payés[10]. »

La mélancolie et le sentimentalisme prennent possession des romans. **Émilie et Alphonse**, *avec ce sous-titre* : **danger de se livrer à sa première impression** ; *trois volumes (1799). Alphonse, jeune Espagnol, remarquable par sa beauté, ses grâces et surtout* « **par une profonde et touchante mélancolie** », *empoisonne à première vue le cœur de la trop tendre Émilie. —* **Malvina**, *quatre volumes (1800), par une femme, ainsi que le précédent roman. Malvina a fait un vœu, non de consacrer sa virginité à Marie comme l'Atala de René Chateaubriand, mais de dévouer sa vie à son enfant. La Delphine de M*me *de Staël s'engage dans un vœu analogue, c'était l'époque des engagements solennels ; les hommes étaient si variables qu'on ne savait quoi inventer pour les empêcher de changer avec les événements, d'opinion, de principes, de sentiments et de conduite : ils juraient une constitution à la fin de l'été et avant la chute des feuilles ils en votaient une autre. La sensible Malvina s'empresse d'imiter les hommes politiques ; elle oublie son serment et aime sir Edmond, beau, brave, mélancolique, etc... mais fort libertin ; il trompe sans scrupules plusieurs Malvinas simultanément. —* **Palmyra**, *de M*me *R*** (1801). Trois fatalités pèsent sur l'héroïne. Palmyra est pauvre, roturière et bâtarde : elle adore, la malheureuse ! un mylord que Simplicia, la fille du duc de Sunderland, aime. Le Don Juan d'outre-Manche s'accommoderait sans façon des deux amoureuses à la fois ; mais l'aristocrate et la roturière rivalisent non à qui accaparera l'objet de leurs flammes communes, mais à qui le cédera à sa rivale. On s'empêtre et s'embourbe dans l'amour plaintif, tendre, langoureux et mélancolique. Quel lecteur a pu aller jusqu'au bout du roman ?* **Palmyra** *eut un succès fou.*

---

10. *Raison, folie, chacun son mot : petit conte moral à la portée des vieux enfants*, par P. E. L. Paris, an IX. Ce pamphlet, qui n'est pas aussi drolatique que le comporterait son titre, contient un curieux exposé de la division du travail.

*Les deux romans de Chateaubriand, **Atala** et **René**, possèdent l'inestimable mérite de renfermer, sous un petit volume et dans une forme littéraire, les principales caractéristiques du moment psychologique, disséminées dans d'innombrables et aujourd'hui illisibles productions, qui naissaient pour mourir le lendemain.*

La fatalité marque dès leur naissance Atala et René. « Ma mère m'avait conçue dans le malheur, raconte la bâtarde de la Louisiane ; elle me mit au monde avec de grands déchirements d'entrailles, on désespéra de ma vie. Pour sauver mes jours... ma mère promit à la Reine des Anges que je lui consacrerai ma virginité. »« J'ai coûté la vie à ma mère en venant au monde », *narre le cadet de Bretagne, mais ça ne lui suffit pas, il ajoute* : « J'ai été tiré de son sein avec le fer. » *Cette gasconnade romantique n'est pas de son crû, elle est une réminiscence du **Macbeth** de Shakespeare, que René Chateaubriand avait appris en Angleterre à connaître et à admirer. Il le dénigra cependant pour plaire à Fontanes et à ses autres protecteurs réactionnaires. La Fatalité, cette interprétation religieuse des phénomènes dont on ne sait découvrir les causes ; la Fatalité dont les Romantiques de 1830 usèrent et abusèrent si libéralement, était alors autre chose qu'un expédient littéraire, fraîchement retrouvé des Grecs : si Racine se servait des Romains et des Grecs pour déguiser les courtisans de Versailles, qui sont les personnages de ses tragédies, il ne recourait pas à la Fatalité pour expliquer leur actions. Les événements de la révolution avaient été si imprévus, leur succession si soudaine et leur action sur la vie et la fortune des individus si violente et si brusque, que les notions ordinaires sur l'ordre des choses étaient bouleversées. Afin de comprendre ces phénomènes sociaux qui frappaient et détruisaient comme la foudre, les explications ordinaires devenaient insuffisantes ; les esprits terrorisés ne les attribuaient pas à des causes naturelles, mais à des causes mystérieuses, à des conspirations, à des complots ténébreux, à l'or de Pitt,* du duc d'Orléans, à des causes tenant du miracle. L'homme était le jouet des événements terribles, qui n'obéissaient qu'à l'aveugle et inconsciente Fatalité. Cette nécessité de tout rapporter au hasard, à la Fatalité, jetait les esprits dans la superstition et dans le catholicisme : il existe encore d'autres causes tout aussi réalistes qui expliquent la renaissance du catholicisme et le caractère religieux du romantisme.

René, frappé par le malheur dès le ventre de sa mère et repoussé par son père, ne rencontre de l'affection que chez sa sœur Amélie : il récompense la tendresse qu'elle lui prodigue dès l'enfance en ne la mentionnant que pour dramatiser son récit, pour se mettre en relief et se faire adresser les compliments que décemment il ne pouvait se dire à lui-même. « **La terre n'offre rien de digne de René** », dit Amélie. L'adoration de soi-même est la vertu de René : en ces temps de révolution, il fallait resserrer ses affections dans le plus petit espace, les condenser dans sa peau, comme le philosophe grec portait sa fortune dans son crâne, afin de présenter au malheur la plus petite surface possible. L'égoïsme féroce avait été une qualité nécessaire à la conservation de l'individu : « **intérêt et cœur humain sont deux mots semblables** », formule brutalement le Chateaubriand de l'**Essai**. (p. 601[11].) Mais les René de 1802 avaient perdu cette naïve franchise du René de 1797 : ils cachaient cet amour replié sur soi-même sous des monceaux de phrases sentimentales, afin de faire accroire qu'ils déversaient leur cœur sur l'humanité et sur la nature toute entière. La prose et les vers s'emplirent de sentiments humanitaires, le mot philanthropie, qui s'insinuait timidement dans la langue avant la révolution, vola de lèvres en lèvres ; plus tard Auguste Comte, le pédantesque et étroit

---

11. L'égoïsme est demeuré la vertu bourgeoise par excellence : il est le produit nécessaire du système économique et de la libre concurrence, qui déchaînent et entretiennent dans la société capitaliste la guerre de tous contre tous sans trêve ni merci.

philosophe bourgeois, le jugeant défraîchi, lui donna une dou-blure : altruisme.

Amélie, ainsi que René, expulsée du toit paternel, n'avait pas de fortune ; les maris étaient extrêmement rares, si les filles à marier abondaient sur le marché ; à elles seules, elles constituaient une des questions sociales de l'époque, que dans sa plate utopie **Olbie**, *publiée en 1800, J.-B. Say résolvait par la création de communautés laïques de filles et de veuves, analogue aux Béguinages de la Flandre. Le catholicisme offrait avant la révolution l'asile de ses couvents aux filles sans dot de l'aristocratie : Amélie put encore user de cette ressource. Mais la sœur de René ne pouvait entrer en religion, ainsi qu'une simple mortelle. Elle se consacra à Jésus, l'amant divin, le cœur ravagé par une passion criminelle : la mère d'Atala, alors qu'elle sentait remuer dans son sein l'enfant de Lopez, de l'Espagnol, de l'ennemi de sa race, épousa* « **le magnanime Sinaghan, tout semblable à un roi et honoré des peuples, comme un génie** ». *L'amour incestueux de sa sœur fournit à René sa grande scène. L'inceste est une des précieuses ressources de l'art romantique.*

La prise de voile est dramatique. Cette passion, assaisonnée à l'inceste et au catholicisme, relève vigoureusement les interminables et banales considérations de René sur le sort des empires, ainsi que ses sentimentales et larmoyantes déclamations sur la faiblesse humaine et ses mélancoliques et ennuyeux épanchements sur la solitude. Les romans à thèse étaient à l'ordre du jour. Le **Mercure** *du 1er germinal an IX disait :* « **Le roman n'est que le prétexte, le but est de parler de soi ; c'est une arène où l'on attaque, où l'on se défend. Les allusions à sa conduite et à ses opinions reviennent sans cesse. On y venge sa politique, sa morale, sa littérature, sa réputation, son talent, son sexe.** » **La Nouvelle Héloïse,** *un modèle copié par tous, fourmille de dissertations morales, de traités politiques, de controverses religieuses, de questions littéraires et autres. La vie politique intense qu'on avait menée* *pendant des années avait habitué aux longues discussions, qui à elles seules ne pouvaient distinguer un roman d'entre les douzaines paraissant tous les mois. Les* **Rêveries sur la nature primitive de l'homme**, *de Senancour, publiées quelques années avant* **René**, *bien qu'imprégnées de mélancolie et surchargées de divagations métaphysiques, passèrent inaperçues, selon l'observation de Sainte-Beuve, qui ajoute que,* « **le monde de René était véritablement découvert par celui qui n'a pas eu l'honneur de le nommer** ». *Sainte-Beuve fait erreur, le monde de René était découvert avant Senancour et Chateaubriand, mais l'honneur de le marquer de son sceau revient à Chateaubriand ; il sut se servit de la langue, des images et des passions du jour, et personnifier ce monde sentimental et idéal que les contemporains portaient dans leur cœur et dans leur tête.*

Senancour, qui vécut quelque soixante-seize ans triste et solitaire, avait une nature délicate, morbide, terne ; il épanchait mélancoliquement son ennui. Le siècle au contraire était jeune, fringant, impatient de vivre, de dévorer l'espace ; ainsi que l'alouette encagée, il ensanglantait sa poitrine aux obstacles qui emprisonnaient ses mouvements ; des crises nerveuses le secouaient ; et avec des bâillements et des pandiculations, il se dressait sur ses pieds et étirait ses membres musculeux ; son malaise passager ne provenait que d'un excès de fatigue ou de vitalité inoccupée. Les hommes aimaient l'action et recherchaient le mouvement, ceux qui agissaient par la pensée étaient des énergiques de la trempe de Julien Sorel, de **le Rouge et le Noir** *et non des énervés et des affadis, comme Obermann, Amaury de* **Volupté** *et Didier de* **Marion de Lorme**. *Senancour appartient plutôt à la génération de 1830, la vitalité avait baissé : il vivait d'ailleurs en Suisse dans un milieu moins surchauffé que celui de France et d'Angleterre. Chateaubriand est le véritable représentant littéraire de la génération qui avait trente ans au commencement du siècle. Il était inactif, l'ennui le rongeait ; il avait* la fièvre, et était ivre de mouvement ; il abhorrait la solitude, ainsi que Mme de Staël, que Rivarol, que Fontanes, que tous ses contemporains, ce qui n'empêche pas René de chanter menteusement l'amour de la solitude sur tous les tons, tout en s'empressant d'en sortir pour se précipiter dans le torrent des humains. Quand à l'un des chantres inspirés de la solitude, à Mme de Staël, on parlait des beautés du lac Léman, elle répondait : **« Oh ! le ruisseau de la rue du Bac ! »** La fausseté dans le sentiment et l'enflure dans l'expression ont été les caractéristiques du romantisme, dès son origine, qui remonte à Rousseau, jusqu'à nos jours : la littérature de la classe bourgeoise ne pouvait être que menteuse comme ses annonces, ses réclames et ses prospectus et que falsifiée, comme ses marchandises.

La plainte monocorde et maladive de Senancour est sincère ; les sentiments de René sont outrés et poussés à une telle violence que l'on en sourit. Mais cette exagération et cette fausseté dans le ton étaient justement ce qui plaisait. Les hommes de ce temps se montaient la tête et tendaient leurs forces afin de sortir de leur situation, afin de s'élancer par-delà le monde tangible pour épuiser l'ardeur et la passion de mouvement qui bouillonnaient dans leurs crânes. La vie monotone de tous les jours leur donnait la nausée : — « Quoi ! s'écriaient-ils, auner du drap, copier des lettres, plaider des broutilles, quand il ne faut que spéculer sur le blé, le sucre, la chandelle, sur n'importe quelle marchandise pour se réveiller millionnaire. Quoi ! croupir dans une boutique, s'abrutir dans un métier, quand des gueux de la veille, bien connus et qu'on peut montrer au doigt, roulent carrosse, habitent des hôtels, se pavanent chamarrés d'or et couverts de bijoux et se carrent dans les ministères. N'avons-nous pas, nous aussi, droits aux millions et aux jouissances des marquis, des ducs, des ci-devant que nous avons flanqués à la porte ? L'égalité devant les places et la fortune, voilà la plus glorieuse conquête de la révolution ! » La fortune lentement amassée par le travail, *c'était le vieux jeu, la vieille morale, la vieille routine. La révolution ne les avait pas affranchis pour les asservir au travail. La fortune, ils la voulaient soudaine, amenée par un coup de dés ou de spéculation : ils jouaient et spéculaient avec rage. Des convoitises ardentes, chauffées à blanc par la vue du succès et comprimées par les réalités de leurs positions, torturaient les plus médiocres des fils de la bourgeoisie, subitement émancipée ; pour endormir leurs appétits irrités que rien ne parvenait à rassasier, ils s'enivraient d'idéal, ainsi que d'un opium, ils s'embarquaient pour le pays des chimères, pour le monde du mensonge et de la poésie.*

La versification mécanique du XVIIIe siècle pétrifiait la poésie et la rendait impuissante à exprimer les nouveaux sentiments de l'âme sociale. Mais la révolution avait renouvelé la langue parlée à la tribune et écrite dans le journal et les romans ; des mots, des tournures, des formes de phrases, des images, des comparaisons, venus de toutes les provinces et de toutes les couches sociales, avaient envahi la langue châtiée, polie, légère et élégante des salons aristocratiques, la langue de Montesquieu et de Voltaire, et l'avaient révolutionnée. La prose se poétisait puisque la poésie échouait dans le prosaïsme le plus morne et le plus conventionnel. Chateaubriand s'empara de la langue forgée par la révolution et la mania en virtuose de génie : ce n'est que lorsque la langue romantique eut affirmé dans la prose sa suprématie rhétoricienne et eut élaboré les éléments d'une langue poétique que Victor Hugo put, à son tour, faire triompher le romantisme dans la poésie.

IV

Mme de Staël vécut des années dans un intime et forcé tête-à-tête avec les Alpes et leur virginale neige, leurs mystérieux précipices et leurs mélancoliques sapins, sans en être plus inspirée que ça : elle ne découvrit les beautés de la nature qu'après un voyage en Italie, qu'après surtout des études à bâtons rompus de métaphysique kantienne, que l'on introduisait en France pour l'opposer au matérialisme rendu responsable des crimes et des horreurs de la révolution. Jamais un Parisien du Consulat n'aurait pensé qu'un coucher de soleil à Fontenay ou un lever de lune à Saint-Cloud étaient des spectacles dignes d'attention, cependant à cette époque naissait l'enthousiasme pour les levers de soleil et de lune et pour les beautés de la nature. Mais la nature qu'on avait sous la main, qu'on voyait tous les jours, n'était pas la vraie, la belle nature qui transportait les âmes ; il fallait pour cela une nature nouvelle, inconnue. Chateaubriand, par une de ces inspirations du génie, transporta ses lecteurs par-delà l'Atlantique, sur les bords du Meschacébé ; — Mississipi aurait semblé trop connu et aurait rappelé les **Mississippiens** de Law, — dans une nature réellement naturelle puisqu'on ne l'avait jamais vue et qu'on ne s'en faisait aucune idée. À l'imitation de Bernardin de Saint-Pierre, il plante son paysage d'arbres exotiques et inconnus, de tulipiers, d'érables, d'azaléas, de faséoles, de sassafras. Volney avait fait retentir ses **Ruines** « **des lugubres cris des chacals** », l'auteur d'**Atala** lâche dans ses solitudes toute une ménagerie de monstres glapissants, hurlants, de serpents à sonnettes, de caribous, de carcajous, de petits tigres et « **d'ours enivrés de raisins** » ; il plonge dans les eaux du Meschacébé des « **bisons à la barbe antique et majestueuse** » ; il couche « **sous les tamarins des crocodiles à l'odeur d'ambre** », qui rugissent au coucher du soleil... (Une remarque en passant : ces crocodiles à l'odeur ambrée, — musquée serait plus exact, — ne semblent-ils pas présager cette littérature du nez que Senancour, et plus tard Baudelaire[12] et Zola, devaient porter à une si haute perfection ?) On peuplait, lors de la publication d'**Atala**, le Jardin

---

12. [NdE] Orthographié Beaudelaire.

des *Plantes de Paris d'animaux sauvages importés d'Égypte et enlevés de la Hollande : ils excitaient la curiosité des Parisiens, qui couraient en foule les contempler, les observer et qui lisaient avec avidité les détails fournis par les journaux sur leurs mœurs, leur attachement aux gardiens. Une brochure racontant l'amitié d'un lion et d'un chien, venant d'Afrique, se vendit à plusieurs éditions ; les concerts donnés à l'éléphant mélomane, pris dans les jardins du roi de Hollande, étaient très suivis. Les lecteurs retrouvaient, dans* **Atala** *et* **René***, ces animaux sauvages qui les occupaient.*

Chateaubriand, en dépit de son détachement de la terre, qui « **n'est que la cendre des morts, pétrie des larmes des vivants**[13] », *s'intéressait aux faits divers du jour et sacrifiait à l'actualité. René, par exemple, parle de la Grèce, de l'Italie, de l'Écosse, comme de pays qu'il a visités, non seulement pour prouver que, bien que pauvre, il avait couru le monde ainsi qu'un lord, mais aussi parce qu'on s'occupait de ces contrées. Ossian avait mis l'Écosse à la mode et l'on parlait de la Grèce dont on rapportait à Paris les statues dérobées en Italie par Bonaparte ; le nombre considérable de voyages pittoresques, scientifiques et de découvertes publiées à l'époque indiquait clairement le goût du public. L'actualité est une des caractéristiques de Chateaubriand et une des causes de son immense succès : — trois exemples pris entre mille : — Le Père Aubry, du roman d'*****Atala*****, possède un chien qui, comme ceux des Alpes* « **savait découvrir les voyageurs égarés** » ; *il devait lui être de peu d'utilité dans les forêts vierges de l'Amérique ; mais Bonaparte, à la tête de 30 000 hommes, venait de franchir les Alpes, et l'on s'entretenait des religieux du mont Saint-Bernard et de la sagacité merveilleuse de leurs chiens qui, assurait-on, avaient sauvé bien des soldats perdus dans les neiges. — René dithyrambise sur les cloches : «* **Oh ! quel cœur si mal fait n'a tressailli au bruit des cloches…**

---

13. *Atala*, **première édition. Les éditions qui se succédèrent après son apparition sont continuellement remaniées.**

Tout se retrouve dans les rêveries enchantées, où nous plonge le bruit de la cloche natale : religion, famille, patrie, et le berceau et la tombe, et le passé et l'avenir. » *Les révolutionnaires avaient proscrit les sonneries des cloches et coulé des canons avec leur métal. On signait à Paris, en 1801, une pétition* « tendant à obtenir du gouvernement que le gros Bourdon de Notre-Dame puisse être sonné pour annoncer les fêtes publiques… Il est temps de faire jouir notre oreille de cette harmonie céleste, qui doit rappeler à tous les vrais Français de bien doux souvenirs… Quel bonheur que le gros Bourdon ait échappé à la proscription qui frappe depuis dix ans toutes les sonneries de la République ». — « Un jour, raconte René, j'étais au sommet de l'Etna… plein de passions, assis sur la bouche de ce volcan qui brûle au milieu d'une île. » *Cette phrase paraîtra prétentieusement ridicule au lecteur de 1896 ; mais en 1802 elle rappelait des événements récents. D'ailleurs, elle n'est pas de l'invention de Chateaubriand, elle appartenait au langage de la politique :* « les volcans, sur lesquels on marchait… qui éclataient, lançaient des laves, etc… » *tonnaient à la tribune des clubs et des assemblées parlementaires. Le* **Bulletin de Paris** *(12 thermidor an X) déclarait que* « les désirs des citoyens demandaient à Napoléon Bonaparte de sceller pour jamais le cratère des révolutions ». *On ne peut s'expliquer l'exagération du style figuré de Chateaubriand, qui choquait les puristes, si l'on ne possède une idée de la langue courante des journaux et de la tribune*[14]. *Les volcans préoccupaient les imaginations : on publiait en l'an VIII deux traductions simultanées des* **Aventures de mon père***, de Kotzebue, qui faisait fureur au théâtre. Il y raconte que sa mère, grosse de cinq mois, part du fond de l'Allemagne pour Naples, où il lui prend fantaisie de gravir le Vésuve : à la bouche du volcan,*

---

14. Dans une étude sur *la langue française avant et après la Révolution*, parue dans l'*Ère nouvelle*, j'en ai donné de nombreux et curieux échantillons : j'y renvoie le lecteur.

elle fait un faux pas et une fausse couche et Kotzebue naît sur un volcan. Le **Mercure** *(16 brumaire an X) rapportait que huit modernes Empédocles étaient descendus dans le cratère du Vésuve ; ce qui était d'un pittoresque plus réussi que de naître ou de s'asseoir plein de passions sur la bouche de l'Etna. — On pourrait de la sorte mettre à presque toutes les phrases de* **René** *et d'***Atala** *un commentaire historique, qui prouverait combien intime était la communion de sensations et d'idées entre Chateaubriand et son public. Mais, démontrer que l'écrivain de talent reproduit son époque n'est pas conclure, avec Victor Hugo, que* « **les époques sont faites à l'image des poètes**[15] ».

Les romantiques de 1830 juraient, sur leurs poignards de Tolède, qu'ils enfourchaient l'hippogriffe et s'envolaient dans les cieux pour décrocher les étoiles, et se plonger dans l'idéal, loin, ô bien loin du monde de la matière, de ses passions mesquines et de ses grossiers intérêts. Il s'est trouvé des bourgeois pour prendre à la lettre les hyperboles truculentes de Hugo et Compagnie et pour donner dans le panneau aussi naïvement que Morellet, ce fossile d'avant 1789, qui fut un des plus acharnés adversaires du romantisme naissant. Les néologismes et « **les excès du style figuré** » *de Chateaubriand troublaient sa cervelle académique, au point de lui faire accepter Chactas et Atala pour des sauvages de père et mère et de l'empêcher de distinguer dans* « **le bon Monsieur Aubry** », *dans* « **le dévot Chactas… ce sauvage qui a fui sa rhétorique** » *et dans* « **la Zaïre du Meschacébé**[16] » *des personnages de sa connaissance. L'auteur les avait affublés de noms exotiques, afin de se conformer à la mode qui voulait des héroïnes portant des noms en a : Stella, Agatha, Camilla, Rosalba, Malvina, Zorada, Palmyra, Atala, et cœtera. Un far-*

---

15. **Victor Hugo.** *William Shakespeare.*

16. **J.-M. Chénier,** *Les Nouveaux Saints* : cette très peu satirique satire parvenait cependant à la 5ᵉ édition au bout de quatre mois.

ceur ne s'y trompa, il annonça qu'Atala ressuscitée, ramenée à Paris et examinée par des médecins, logeait dans un pavillon au fond du jardin du citoyen Chateaubriand. Si on ne se laisse pas éblouir, ainsi que Morellet, par le clinquant des mots, la fantasmagorie du paysage, ni étourdir par le croassement **« des perruches vertes »**, *ni terrifier par* **« les rugissements des tigres et des crocodiles »**, *rien n'est plus aisé que de découvrir dans le Père Aubry un prêtre fuyant dans les forêts la persécution révolutionnaire et dans Chactas et Atala des Parisiens de l'an 1801, qui n'ont jamais tatoué leurs visages, planté dans leur chevelure des plumes de dindon et inséré dans leur narine des grains de verroterie.*

Chateaubriand habitait depuis 1793 l'Angleterre et étudiait sa littérature, quoi d'étonnant que son premier roman porte la trace de ses lectures : la mythologie des Natchez est tirée du **Paradis perdu** de Milton, qu'il traduisit. Mais il n'aurait pas eu besoin de quitter Paris pour subir l'influence des écrivains d'outre-Manche. Car depuis la révolution et jusque vers l'an VII et l'an VIII, c'est-à-dire jusqu'à l'invasion des poèmes, des drames, des romans, de l'esthétique et de la philosophie d'outre-Rhin, la littérature anglaise trônait en France. On lisait Shakespeare, on admirait Young et Thompson et on adorait l'Ossian de Macpherson, on le reproduisait en vers, en prose, romans et tragédies. Les œuvres de Richardson, Goldsmith, Fielding, Smollet, Godwin, de Mme Radcliffe, de Mme Edgeworth, enfin tous les romans d'Angleterre étaient, reproduits au fur et à mesure de leur apparition. L'impatience du public était si vive, que **Rosa ou la Fille mendiante**, de Mme Bennett, se traduisait à Paris à mesure que les feuilles de l'original s'imprimaient à Londres (**Décade**, 20 brumaire an VI). Une revue, la **Bibliothèque britannique**, tenait le lecteur au courant des productions littéraires en langue anglaise par de copieux extraits. L'engouement était inouï, les romans originaux français s'annonçaient comme des traductions de *l'anglais, afin de réussir*[17]. *La mode bourgeoise repoussait tout ce qui était français. Molière même reparaissait sur la scène française travesti par l'Italien Goldoni. Les sentiments patriotiques si intenses pendant la grande période révolutionnaire, s'éteignaient ; l'idée de patrie, dont les conventionnels s'étaient servi, comme d'un levier, pour soulever la nation et la jeter aux frontières, était tenue en suspicion.* **« Derrière les mots** *mourir pour son pays,* **écrit Chateaubriand, on ne voit plus que du sang, des crimes et le langage de la Convention**[18]. **»** *Le* **Mercure** *du 3 vendémiaire an XI ayant employé le mot patriotisme, expliquait en note qu'il prenait ce mot dans sa* **« signification primitive »** *d'avant la révolution ;* **« car les hommes de 1792 n'avaient pas de patriotisme quoiqu'ils parlassent beaucoup de patrie ».** *Quelques années après les bourgeois de Paris devaient montrer leur patriotisme en léchant les bottes des Prussiens de Blücher et des Cosaques d'Alexandre qui ravageaient et pillaient la France vaincue.*

Les deux romans de Richardson, **Clarisse Harlowe** *et* **Pamela,** *avaient enthousiasmé Paris avant et après la révolution. On copiait le premier, on le mettait sur le théâtre ; en nivôse an V on jouait le* **Lovelace français,** *comédie en cinq actes ; le nom du héros passa dans la langue, Atala est une Clarisse Harlowe francisée et déguisée en sauvagesse. Miss Atala est toute imprégnée de la morgue britannique, elle méprise les*

---

17. **Chateaubriand va nous dire comment les Anglais nous payaient de retour.** *« Quand nous devînmes enthousiastes de nos voisins, quand tout fut anglais en France, chiens, chevaux, jardins et livres, les Anglais, par leur instinct de haine contre nous, devinrent anti-Français ; plus nous nous approchions d'eux, plus ils s'éloignaient de nous. Livré à la risée publique sur leurs théâtres, on voyait dans toutes les parades de John Bull un Français maigre, en habit vert-pomme, chapeau sous le bras, jambes grêles, longue queue, air de danseur ou de perruquier affamé ; on le tirait par le nez et il mangeait des grenouilles. Un Anglais sur notre scène est toujours un milord, ou un capitaine, héros de sentiment et de générosité. »* **Chateaubriand,** *Essai sur la littérature anglaise.*

18. *Génie du Christianisme,* **t. IV, p. 189, 1**[re] **édition.**

Indiens avec qui le sort la condamne à vivre et, jusqu'à la venue de Chactas, elle n'éprouve aucune difficulté à ne pas laisser entamer ce que M. Dumas appelle le capital de la jeune fille. — Les théories ont parfois de curieuses vicissitudes : un pasteur écossais, Malthus, invente une prétendue loi de population et aussitôt des sociétés de bourgeois honnêtes et modérés se fondent pour propager dans le peuple anglais l'art de ne pas procréer des enfants ; elles échouent ; en France, on assourdit le public de déclamations morales contre le malthusianisme et on le pratique au point d'inquiéter les statisticiens. Un Parisien de Notre-Dame-de-Lorette fait la trouvaille de la virginité-capital ; mais c'est en Angleterre que les filles se marient sans dot ; tandis qu'en France elles doivent apporter un capital espèces sonnantes pour faire passer l'autre. Les jeunes filles françaises ont peu de souci de leur capital, que sont obligées de garder, ainsi que des dragons, les mères, tantes, amies et connaissances : les misses anglaises se chargent elles-mêmes de monter la garde autour de leur capital. Atala a été élevée à leur école, elle se protège elle-même : **« Je n'apercevais autour de moi, dit-elle en faisant la moue, que des hommes indignes de recevoir ma main »**... *even to flirt with, aurait-elle ajouté, si elle se fût exprimée en anglais. Mais Chactas surgit et soudain la Française se réveille : elle se sent en présence d'un enjôleur ; elle répond à ses propositions de promenades sentimentales dans les bois :* **« Mon jeune ami, vous avez appris le langage des blancs, et il est bien aisé de tromper une jeune Indienne. »** *On devine dans cette réponse, sous le badigeon anglais et indien, la délurée grisette parisienne, qui sait que la chair est faible et le doux parler fort à l'ombre des bois de Romainville. Une Anglaise ignore toute crainte. Le combat entre la religion et l'amour s'engage dans le cœur de la tendre Atala. Une sauvagesse bon teint n'aurait pas hésité une minute pour oublier les vœux de la religion et pour écouter l'appel de l'amour.* **« Les sauvages vivent tout en sensations, peu en souve-**

nirs et point en espérance », *dit Volney qui avait observé les Peaux-Rouges un peu moins sentimentalement que Chateaubriand*[19]. *Une demoiselle de la Fronde aurait sauté par-dessus les murs de vingt couvents pour obéir à son cœur ; M*[lle] *de La Vallière plantait là, sans façons, le Bon Dieu et ses saints, la Vierge Marie et son fils Jésus, quand son royal amant lui faisait un signe. Une sensible Malvina de 1801 qui s'habillait* **« de tissus légers, comme d'un nuage transparent, tellement que l'œil saisissait à la fois et la tendresse des chairs et la magnificence de l'étoffe argentée »**, *aurait haussé les épaules à qui lui aurait demandé de sacrifier ses passions sur l'autel de la religion et aurait fredonné le refrain de la chanson qui avait été si populaire :*

> *On a bien fait d'inventer l'enfer*
> *Pour épouvanter la canaille.*

Mais Atala a avait été élevée en Angleterre ; ses parents ne l'avaient envoyée de l'autre côté de la Manche que pour l'empêcher de lire les romans publiés à Paris, qui tous à l'envie enseignaient aux femmes **« qu'on ne peut résister à son cœur, qu'il faut aimer sans cesse, que l'amour est la source des vertus, des plaisirs et le bonheur suprême »**. *Son précepteur qui la modelait sur Clarisse Harlowe et sur Pamela, n'espérant pas qu'elle trouvât en elle la force de résistance des héroïnes anglaises, appela à son aide la religion et lui imposa un vœu de virginité, en guise de frein. Mais sa nature gauloise se rebella, et, ainsi que la Rosine de Beaumarchais, elle ouvrit au séducteur son cœur à deux battants, elle se laissa vaincre sans résistance. Chactas qui, en ces matières, a l'expérience d'un Almaviva, raconte qu'il la tenait palpitante dans ses bras, attendant le moment psychologique où* **« la passion, en abattant son corps, allait triompher de sa vertu »**. *Malheureusement pour la jeune Indienne, le citoyen Chateaubriand avait*

---

19. **Volney**. *Observations sur les Indiens de l'Amérique du Nord*. Œuvres complètes t. VII.

promis à son Mentor, Fontanes, d'imiter Berquin et de donner aux femmes de France une leçon de saine morale : la vérité l'avait emporté si loin, qu'il ne lui restait plus qu'à sacrifier son amoureuse, il l'empoisonna, mais, dans sa bouche mourante, il mit ce cri de la nature : « **J'emporte le regret de n'avoir pas été à toi** », *qui détruit l'effet moral du suicide de la vierge malgré elle. En torturant d'un pareil remords le cœur d'Atala, vaincue par la religion, Chateaubriand obéissait à l'opinion qui imputait à péché toute résistance à l'amour. La célèbre Mme Cottin, dans son premier roman publié en 1798, lu et admiré pendant un demi-siècle, en 1844 on le republiait encore, l'héroïne,* « **la plus sublime des femmes** », *Claire d'Albe écrit à son amant, le protégé de son mari, qui le traite comme un fils :* « **L'image de ce bonheur que vous me demandez égare mes sens et trouble ma raison ; pour le satisfaire, je compterais pour rien la vie, l'honneur et jusqu'à ma destinée future : vous rendre heureux et mourir après serait tout pour Claire : elle aurait assez vécu.** » *Elle se donne à son amant* « **abattue par les sensations... au bas de son jardin, sous l'ombre des peupliers, qui couronnent l'urne de son père et où sa piété consacra un autel à la divinité** ». *On relevait toujours l'amour par une pointe de sacrilège. Ce n'est qu'après avoir* « **goûté dans toute sa plénitude cet éclair de délice, qu'il n'appartient qu'à l'amour de sentir, qu'après avoir connu cette jouissance délicieuse et unique** », *qu'elle songe à* « **la foi conjugale violée** » *et qu'elle meurt. Les sensibles Malvina qui lisaient Mme Cottin et Chateaubriand chantaient une romance de l'an III :* **Charlotte sur le tombeau de Werther** *: l'héroïne de Goethe*[20]*, repentante, faisait son mea culpa en de bien piètres vers :*

....

J'abjure enfin la contrainte
D'un triste et cruel devoir !

---

20. [NdE] Orthographié Gœthe.

L'amour se proclamait alors la passion maîtresse, celle qui remplacerait toutes les autres et remplirait l'existence : mais cet amour était une passion d'un genre nouveau, que jamais auparavant l'humanité n'avait ressenti : la bourgeoisie révolutionnaire avait tout bouleversé, les lois, les mœurs et les passions. Mais victorieuse, elle fut si épouvantée de son œuvre, qu'elle voulut qu'on en perdît le souvenir : elle posa l'homme bourgeois avec ses passions, ses vices et ses vertus, comme le type immuable de l'espèce humaine passée, présente et future. Les romantiques, qui sont les domestiques chargés de satisfaire les goûts intellectuels de la classe régnante et payante, prétendirent ne peindre dans leurs chefs-d'œuvre que « l'homme de tous les temps », « que les passions de l'être humain invariable à travers les siècles ». Mais on n'en était pas encore là en 1800 ; et Mme* de Staël insiste sur le caractère nouveau de l'amour. D'après elle, c'est* « **Rousseau, Werther, des scènes de tragédies allemandes, quelques poètes anglais, des morceaux d'Ossian qui avaient transporté la profonde sensibilité dans l'amour** ».* Elle s'indigne que* « **des fortes têtes regardent les travaux de la pensée, les services rendus au genre humain comme seuls dignes de l'estime des hommes… Mais combien d'êtres peuvent se flatter de quelque chose de plus glorieux que d'assurer à soi seul la félicité d'un autre. Des moralistes sévères craignent les égarements d'une telle passion. Hélas ! heureuse la nation, heureux les individus qui dépendraient des hommes susceptibles d'être entraînés par la sensibilité**[21] ». *L'amour romantique était né.*

La manière de vivre de chaque classe imprime aux sentiments et aux passions humaines une forme propre. L'homme en effet n'est pas l'être invariable des romantiques et des moralistes, qui répètent docilement la leçon des économistes ; et c'est sur cette prétendue invariabilité que ces défenseurs bien

---

21. **Mme de Staël**, *De l'influence des passions sur le bonheur des individus*, 1796, édit. de 1818, p. 146-160.

rétribués des privilèges capitalistes basent leur irrésistible réfutation des théories communistes. Jugeant l'humanité à l'aune capitaliste, ils s'écrient triomphalement : « L'homme est et restera toujours égoïste ; si vous lui retirez comme unique mobile de ses actions l'intérêt privé, vous détruisez la société, vous arrêtez le progrès et nous retournons à la barbarie. » L'âme humaine, ainsi que les autres phénomènes de la nature est, au contraire, en un perpétuel état de trans-formation, acquérant, développant, et perdant des vices et des vertus, des sentiments et des passions. L'égoïsme qui se manifeste dans les relations sexuelles, que le dévergondage sentimental du romantisme a pour mission de voiler, est une conséquence fatale de l'égoïsme féroce imposé à l'homme civilisé par la lutte pour la vie dans le milieu économique de la société capitaliste. Cet égoïsme se transformera dès que la propriété privée aura fait place à la propriété commune, c'est ainsi que le dévouement à la patrie, fanatique, absolu, mais étroit du citoyen de la cité antique a disparu dès que la proprié-té collective familiale s'est morcelée en propriété privée. La jalousie amoureuse que les romanciers et autres semblables psychologues, considèrent aussi inhérente à l'homme que la circulation du sang, n'est apparue dans l'humanité qu'avec la propriété collective familiale, pour se développer et s'exagérer avec la propriété privée : les femmes et les hommes des tribus communistes l'ignorent. Le romantisme qui ne devait formuler qu'en 1830 son fameux axiome, l'art pour l'art, lequel ne devait être appliqué que sous le second Empire par les Parnassiens, est une littérature de classe ; il est vrai que les romantiques ne s'en sont jamais douté, bien que ce soit là son plus sérieux titre à l'attention de l'histoire. Le romantisme, en dépit de son axiome, ne s'est jamais désintéressé des luttes politiques et sociales : il a toujours pris fait et cause pour la classe bourgeoise, qui avait accaparé les résultats de la révolution. Tant que la Bourgeoisie eut à redouter un retour agressif de l'aristocratie, les romantiques, emboîtant *le pas aux historiens libéraux, ont fouillé le Moyen-Âge pour rapporter de sombres repoussoirs aux délices du temps présent ; mais dès que le Prolétariat, constitué en classe, devint l'ennemi, ils délaissèrent les romans historiques et les horreurs de l'époque féodale pour s'occuper des événements du jour : Zola, le lendemain des épouvantables massacres de la Semaine sanglante, afin d'épargner à la conscience bourgeoise le moindre remords, dépeignit, dans l'***Assommoir***, *la classe ouvrière sous les traits les plus repoussants tandis que les George Ohnet décrivaient avec une servile complaisance l'âme généreuse et noble des maîtres de forges. — Les rapins de 1830 poursuivaient le bourgeois de leurs impitoyables railleries ; mais ayant compris, avec l'âge, que l'argent est un porte-respect, ils se sont domestiqués et ne travaillent que pour mériter l'approbation du bourgeois, qui achète leurs tableaux*[22].

L'évolution philosophique, au commencement du siècle, marchait de pair avec la transformation littéraire : la Bourgeoisie avait pris le scepticisme et le matérialisme pour armes contre le clergé, faisant cause commune avec l'aristocratie ; une fois parvenue à la domination sociale, elle voulut asserver la religion à son usage et l'employer à contenir dans la soumission passive les masses travailleuses ; elle enjoignit à ses littérateurs et à ses philosophes de combattre « l'abominable philosophie du XVIIIe siècle, qui avait prêché la révolte contre toute autorité, l'oubli de tous les devoirs, le mépris de toutes les suprématies sociales... C'est elle qui

---

22. Le Bourgeois a pris sa revanche : maintenant c'est son tour de mépriser les artistes, qui adoptent ses mœurs et ses idées, et qui singent son faste grossier et son inartistique manie de bibelots et de bric-à-brac. L'anecdote suivante est typique :

La richissime Mme Mackay, qui débuta comme servante dans un bar d'une des villes minières du Colorado, ayant commandé, pour une somme fabuleuse, son portrait à Meissonier, et ne le trouvant pas à son goût, — le consciencieux artiste avait fait ressemblant, — l'accrocha dans son cabinet d'aisance.

a instruit et excité les monstres qui ont dévasté la France...
Robespierre, Collot, Carrier étaient des philosophes[23] ». *Le
romantisme naissant s'enrôla sous la bannière catholique : *
Atala*, qui n'était que la préface du* **Génie du Christianisme***,
chantait la victoire de la religion sur la nature.*

*Les hommes de 1802 accueillirent avec enthousiasme les
deux premiers romans de Chateaubriand, qui inaugurent l'ère
romantique du XIXe siècle, parce qu'ils reproduisaient dans
une forme littéraire les sentiments et les idées qui vivaient
et agissaient dans leur cœur et leur cerveau. Une œuvre littéraire, alors même qu'elle n'aurait aucune valeur artistique,
acquiert une haute valeur historique, du moment que le succès l'a consacrée ; le critique matérialiste peut l'étudier avec la
certitude de saisir sur le vif les impressions et les opinions des
contemporains. Les romantiques de 1830 et les naturalistes
de l'école de Zola, qui ne reconnaissaient pas dans l'Agamem-
non et le Titus de Racine des courtisans de Versailles, et dans
le Ruy-Blas et le Gennaro de Victor Hugo des bons bourgeois
de Paris, se tenaient aux apparences. Jamais Racine et Hugo
n'auraient été proclamés par leurs contemporains des grands
génies, si leurs œuvres, ainsi que des miroirs, n'avaient reflété
les hommes de leur milieu social, avec leur manière de voir,
de sentir, de penser et de s'exprimer.*

---

23. Sermon prononcé à Notre-Dame, en nivôse an V, par l'abbé Au-
drein. Sébastien Mercier, qui fut au XVIIIe siècle un des précurseurs
du romantisme, introduisait à cette époque la métaphysique de Kant :
son cerveau brouillé l'embrouillait et l'opposait au matérialisme des En-
cyclopédistes, que Royer-Collard devait définitivement remplacer par
la plate philosophie du *Sens commun* bourgeois, élevé à la dignité de
critérium universel par le pasteur écossais Thomas Reid.

Un chef-d'œuvre n'est pas plus « **une variété du miracle… une distribution de Dieu**[24] » qu'une rose mousseuse ou un veau à deux têtes. L'écrivain est rivé à son milieu social ; quoi qu'il fasse, il ne peut s'échapper ni s'isoler du monde ambiant, et ne peut cesser d'en subir l'influence à son insu et malgré lui : qu'il se plonge dans le passé ou s'élance vers l'avenir, dans l'un ou l'autre sens, il ne saurait aller plus loin que ne comportent les données de son époque. Eschyle et Aristophane, ces géants du drame et de la comédie, ressuscités et transportés dans le Paris de cette fin de siècle, seraient aussi incapables d'écrire la **Théodora** de Sardou, et le **Plus heureux des trois** de Labiche, qu'il était impossible à Hugo de refaire une des parties perdues de **Prométhée**, ou à Leconte de Lisle d'ajouter une strophe à **la Chanson de Roland** ou à n'importe quel chant barbare. Ce sont les contemporains qui fournissent à l'écrivain ses idées, ses personnages, sa langue et sa forme littéraire, et c'est parce qu'il tournoie dans le tourbillon des humains, subissant, ainsi qu'eux, les mêmes influences du milieu cosmique et du milieu social, que le poète peut comprendre et reproduire les passions de l'humanité, s'emparer des idées et de la langue courante et pétrir à son usage personnel la forme littéraire donnée par le frottement quotidien des hommes et des choses. Le cerveau de l'artiste de génie n'est pas, selon l'expression de Hugo, « **le trépied de Dieu** », mais le creuset magique où s'entassent pêle-mêle les faits, les sensations et les opinions du présent et les souvenirs du passé : là, ces éléments hétérogènes se rencontrent, se confondent, se fusionnent et se combinent pour en sortir œuvre parlée, écrite, peinte, sculptée ou chantée ; et l'œuvre née de cette fermentation cérébrale est plus riche en vertus que les éléments qui concourent à sa formation : c'est ainsi qu'un alliage possède d'autres propriétés que les métaux qui entrent dans sa composition.

---

24. Victor Hugo, *William Shakespeare.*